MEGALEX

W0315347

1: DIE ANOMALIE

Text: Alexandro Jodorowsky
Zeichnungen: Fred Beltran

CARLSEN VERLAG

Frédéric Beltran wurde 1963 in Levallois-Perret, Frankreich geboren. Während seiner Schulzeit zeichnete er und spielte Gitarre, fiel aber durch seine Abiturprüfung. Von 1983 bis 1985 studierte er an der Ecole Supérieure des Art Graphiques. Seinen ersten richtigen Comic, der jedoch nicht veröffentlicht wurde, verfasste er 1985 zusammen mit einem Lehrer der Akademie. Seine künstlerischen Vorbilder sind seitdem Moebius und Jodorowsky. »Le ventre de Minotaure«, sein erstes veröffentlichtes Album, entstand aus acht Seiten, die er für das Magazin »Métal Hurlant« gezeichnet hatte, und erschien 1990 bei Les Humanoïdes Associés. 1994 vertrieb der Macintosh innerhalb kürzester Zeit seine traditionellen Zeichenutensilien; Beltran zeichnet seitdem nur noch am Computer. Neben diversen Titelbildern für die französische »Frivol«-Reihe entstand für das japanische Verlagshaus Kodansha die Figur »Nina«, eine vollbusige Barfrau. Ende 1997 begegnete er Alexandro Jodorowsky. Für die Sciencefiction-Serie »Die Techno-Väter« von Jodorowsky und Janjetov kolorierte er den ersten Band und gestaltete das Cover. Seine erste eigene Serie ist nun »Megalex«, die seit 1999 in Frankreich erscheint und nun auf deutsch bei Carlsen vorgelegt wird.

Alexandro Jodorowsky wurde 1929 im als Sohn russischer Emigranten in Iquique (Chile) geboren. Auf eine unruhige Jugend folgte ein unstetes Leben. Er entdeckte die Literatur und schließlich den Film und gilt heute als Filmschaffender von internationalem Rang (»El Topo«, »La Montagne Sacrée«, »Tusk«). 1969 schrieb Jodorowsky in Mexiko mit »Anibal 5« sein erstes Szenario für einen Comic. 1975 traf er Moebius, mit dem er an einer Filmadaption des Romans »Dune« arbeitete. Für Jean Giraud alias Moebius schuf er mit »John Difool« auf Anhieb ein Meisterwerk der Sciencefiction und Fantasy-Comic-Literatur. 1982 entwarf Jodorowsky für den Zeichner Arno das Szenario zu »Alef-Thau«. Weitere Comic-Szenarien für verschiedene Zeichner folgten, darunter »Der weiße Lama« (mit Bess), »Die Meta-Barone« (mit Gimenez), »Lust und Glaube« (mit Moebius), »Mondgesicht« (mit Boucq), »Die Saga von Alandor« (mit Cadelo) sowie jüngst »Die Techno-Väter« (mit Janjetov und Beltran). Mit »Wo ein Vogel am schönsten singt« (dt. Insel Verlag 1996) betätigte er sich zudem als Buchautor. 1996 gewann Jodorowsky auf dem Comic-Salon in Angoulême den begehrten Alph'art für das beste Szenario für seine neue Comic-Serie »Juan Solo«. 1999 widmete man ihm dort eine Retrospektive über sein jahrelanges Schaffen als Filmemacher und Szenarist, als Romancier und Poet mystischer Dichtung.

CARLSEN COMICS
1 2 3 4 02 01 00 99
© Carlsen Verlag GmbH · Hamburg 1999
Aus dem Französischen von Joachim Kaps
L'ANOMALIE
Copyright © 1999 by Les Humanoïdes Associés
Redaktion: Steffen Haubner
Lettering: Michael Möller
Herstellung: Wiebke Düsedau
Druck und buchbinderische Verarbeitung:
PPS Benelux
Alle deutschen Rechte vorbehalten
ISBN 3-551-74451-3
Printed in the Netherlands

http://www.carlsen.de

#1: Das Blutbad

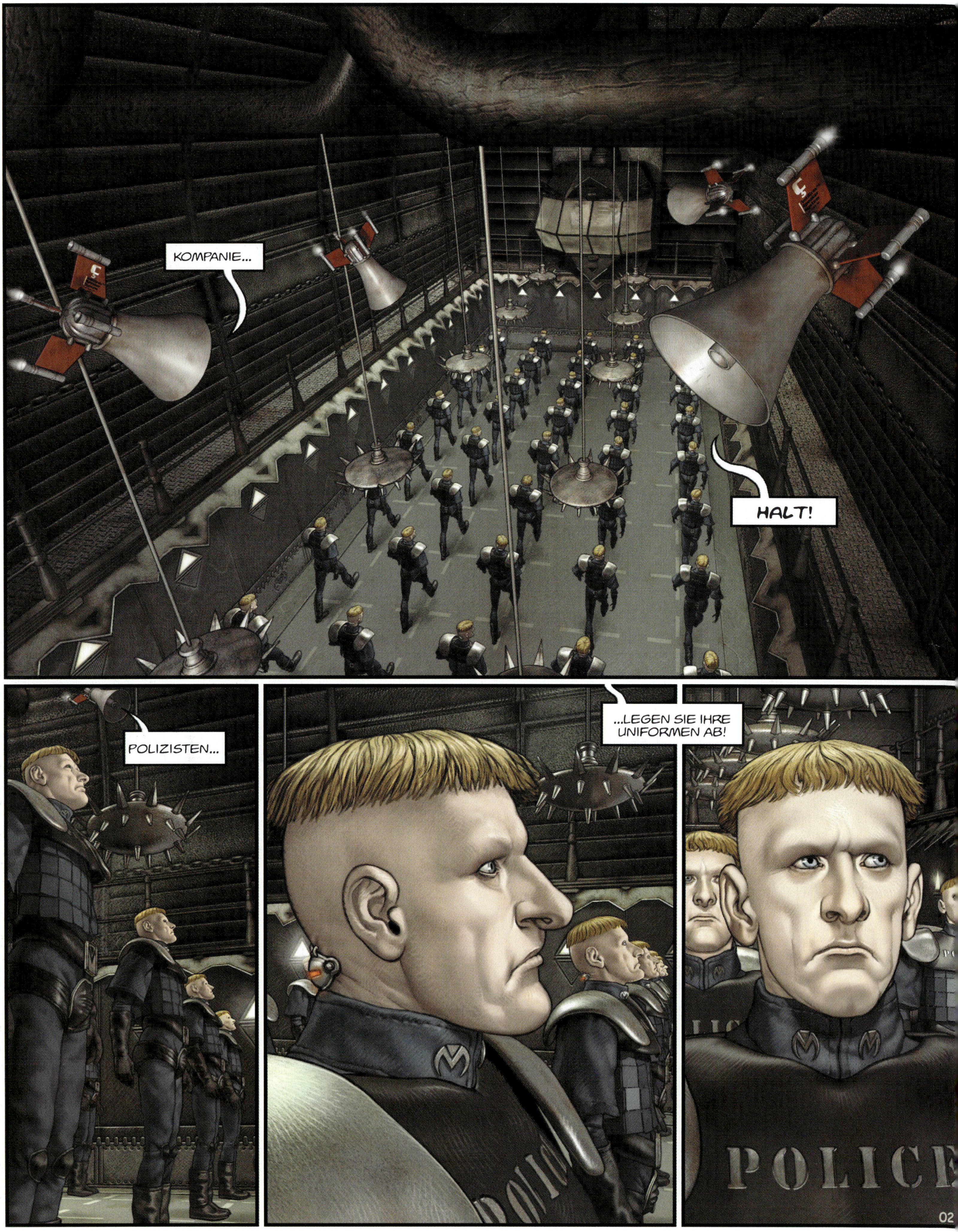
KOMPANIE...
HALT!
POLIZISTEN...
...LEGEN SIE IHRE UNIFORMEN AB!
POLICE

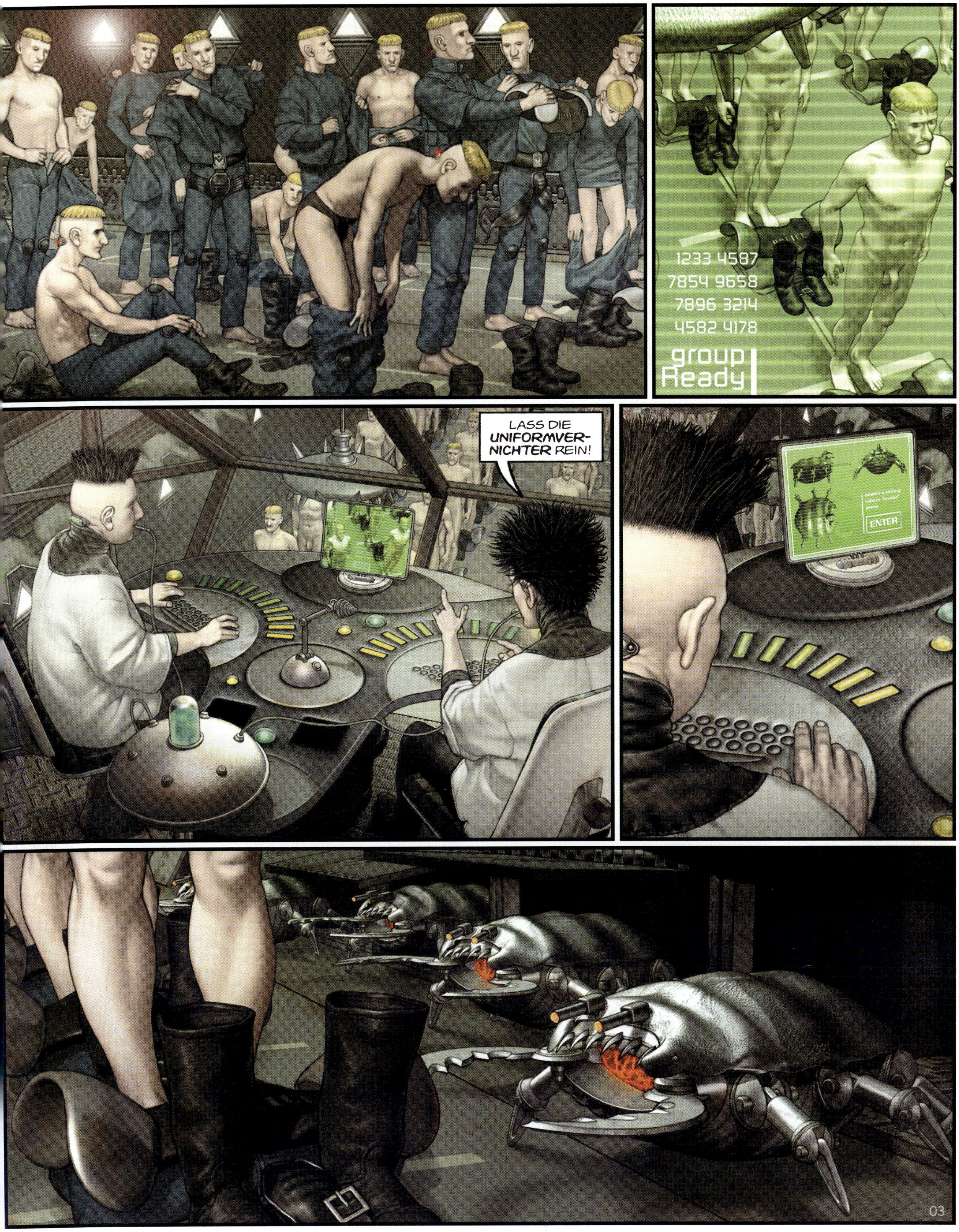
1233 4587
7854 9658
7896 3214
4582 4178
group Ready
LASS DIE UNIFORMVERNICHTER REIN!
ENTER

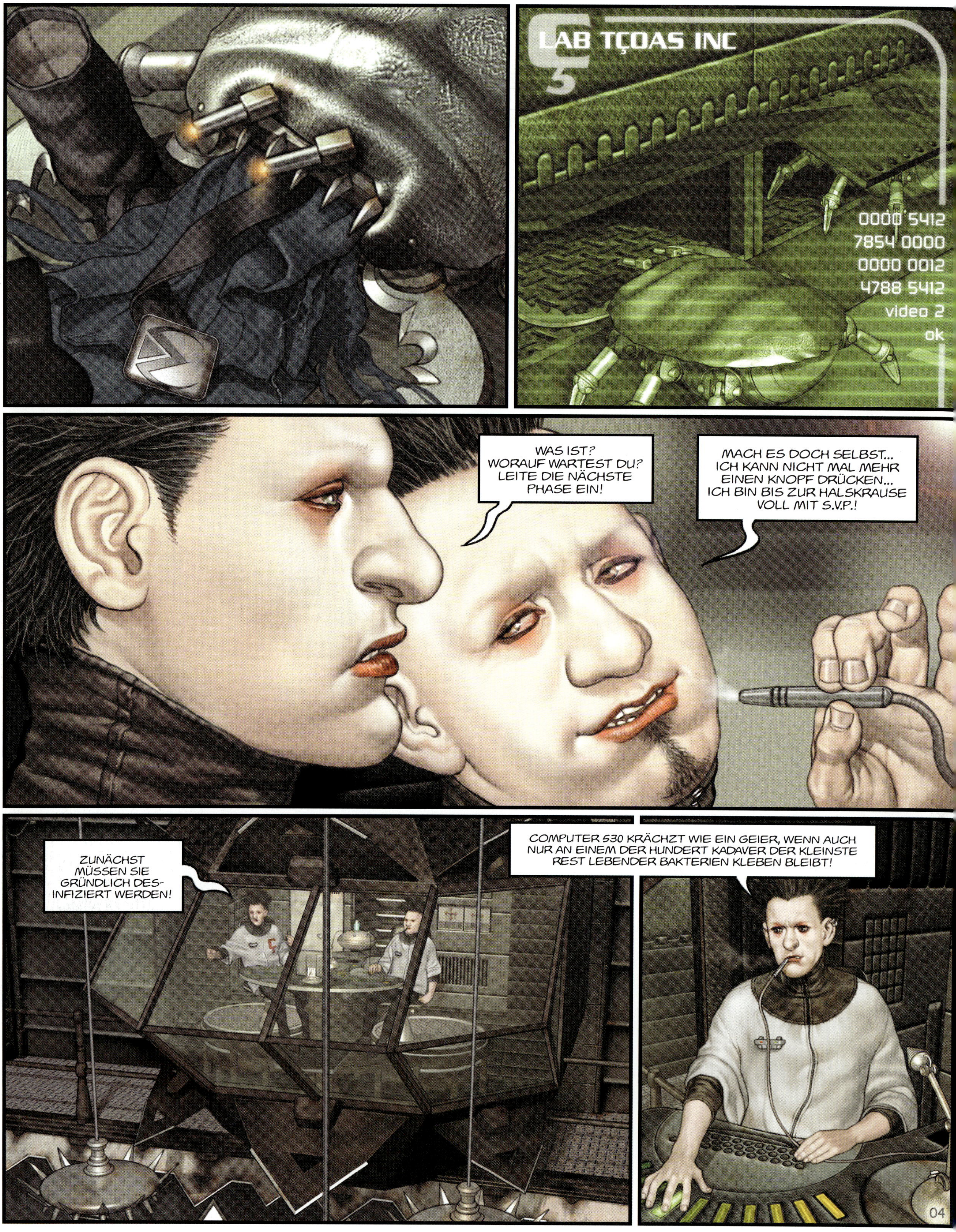
LAB TÇOAS INC
0000 5412
7854 0000
0000 0012
4788 5412
video 2
ok
WAS IST? WORAUF WARTEST DU? LEITE DIE NÄCHSTE PHASE EIN!
MACH ES DOCH SELBST... ICH KANN NICHT MAL MEHR EINEN KNOPF DRÜCKEN... ICH BIN BIS ZUR HALSKRAUSE VOLL MIT S.V.P.!
ZUNÄCHST MÜSSEN SIE GRÜNDLICH DES-INFIZIERT WERDEN!
COMPUTER 530 KRÄCHZT WIE EIN GEIER, WENN AUCH NUR AN EINEM DER HUNDERT KADAVER DER KLEINSTE REST LEBENDER BAKTERIEN KLEBEN BLEIBT!
04

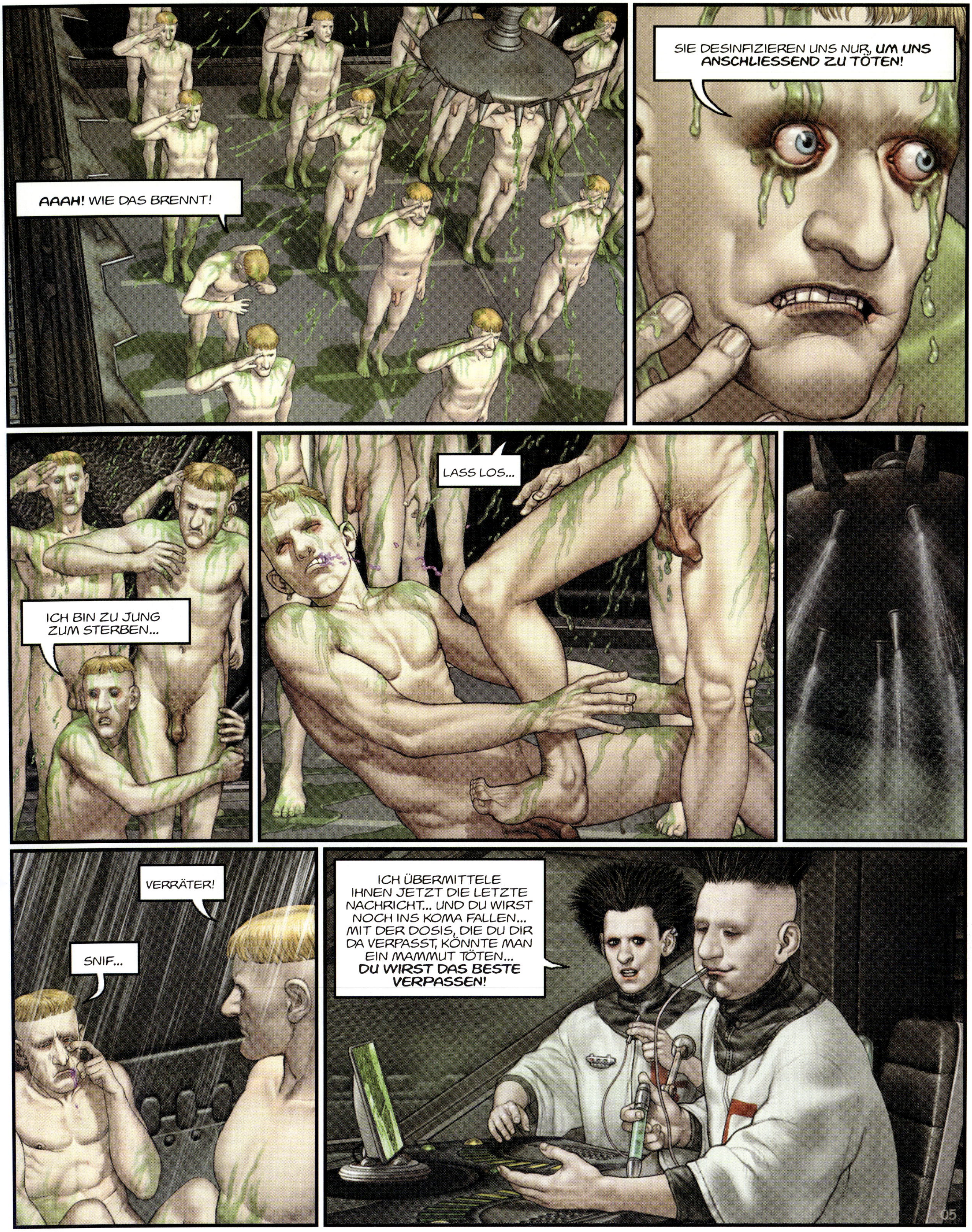
AAAH! WIE DAS BRENNT!
SIE DESINFIZIEREN UNS NUR, UM UNS ANSCHLIESSEND ZU TÖTEN!
ICH BIN ZU JUNG ZUM STERBEN...
LASS LOS...
VERRÄTER!
SNIF...
ICH ÜBERMITTELE IHNEN JETZT DIE LETZTE NACHRICHT... UND DU WIRST NOCH INS KOMA FALLEN... MIT DER DOSIS, DIE DU DIR DA VERPASST, KÖNNTE MAN EIN MAMMUT TÖTEN... DU WIRST DAS BESTE VERPASSEN!

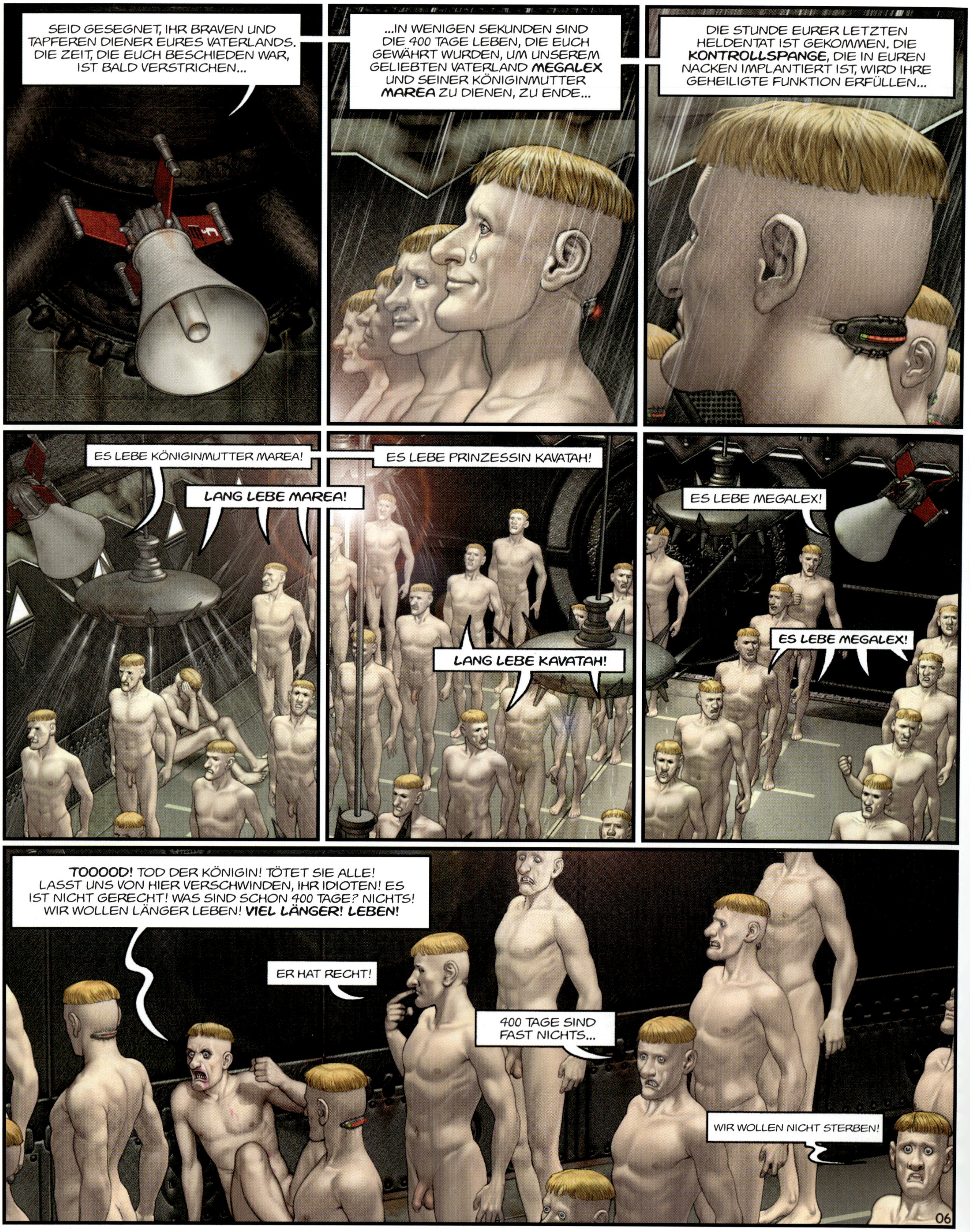
SEID GESEGNET, IHR BRAVEN UND TAPFEREN DIENER EURES VATERLANDS. DIE ZEIT, DIE EUCH BESCHIEDEN WAR, IST BALD VERSTRICHEN...
...IN WENIGEN SEKUNDEN SIND DIE 400 TAGE LEBEN, DIE EUCH GEWÄHRT WURDEN, UM UNSEREM GELIEBTEN VATERLAND **MEGALEX** UND SEINER KÖNIGINMUTTER **MAREA** ZU DIENEN, ZU ENDE...
DIE STUNDE EURER LETZTEN HELDENTAT IST GEKOMMEN. DIE **KONTROLLSPANGE**, DIE IN EUREN NACKEN IMPLANTIERT IST, WIRD IHRE GEHEILIGTE FUNKTION ERFÜLLEN...
ES LEBE KÖNIGINMUTTER MAREA!
LANG LEBE MAREA!
ES LEBE PRINZESSIN KAVATAH!
LANG LEBE KAVATAH!
ES LEBE MEGALEX!
ES LEBE MEGALEX!
TOOOOD! TOD DER KÖNIGIN! TÖTET SIE ALLE! LASST UNS VON HIER VERSCHWINDEN, IHR IDIOTEN! ES IST NICHT GERECHT! WAS SIND SCHON 400 TAGE? NICHTS! WIR WOLLEN LÄNGER LEBEN! **VIEL LÄNGER! LEBEN!**
ER HAT RECHT!
400 TAGE SIND FAST NICHTS...
WIR WOLLEN NICHT STERBEN!

DIE FRIST VERSTREICHT IN 10 SEKUNDEN... 9... 8... 7...
LOS DOCH! WORAUF WARTEST DU?
VERDAMMT! SCHARF WIE EINE RASIERKLINGE... **MEINE FINGER...**
BOAH, WAS FÜR EIN RADAU! DIESES GESCHREI BELÄSTIGT MEIN TROMMELFELL! MACH DIE MUSIK LAUTER, **VERDAMMT**!
IMMER DIE GLEICHE PANIK, DIE GLEICHE KOLLEKTIVE HYSTERIE!
WOZU DIE AUFREGUNG?

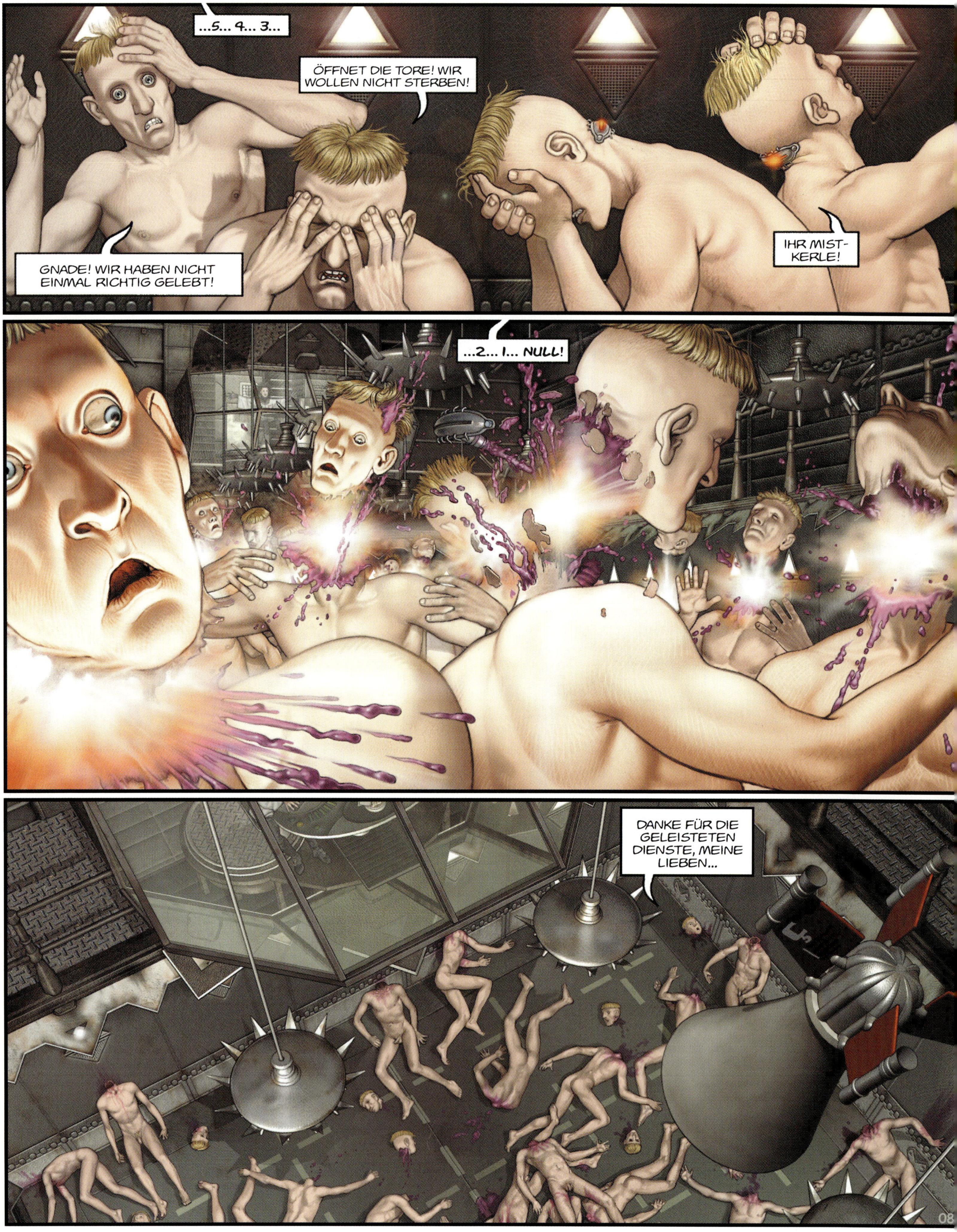
...5... 4... 3...
ÖFFNET DIE TORE! WIR WOLLEN NICHT STERBEN!
GNADE! WIR HABEN NICHT EINMAL RICHTIG GELEBT!
IHR MIST-KERLE!
...2... 1... NULL!
DANKE FÜR DIE GELEISTETEN DIENSTE, MEINE LIEBEN...

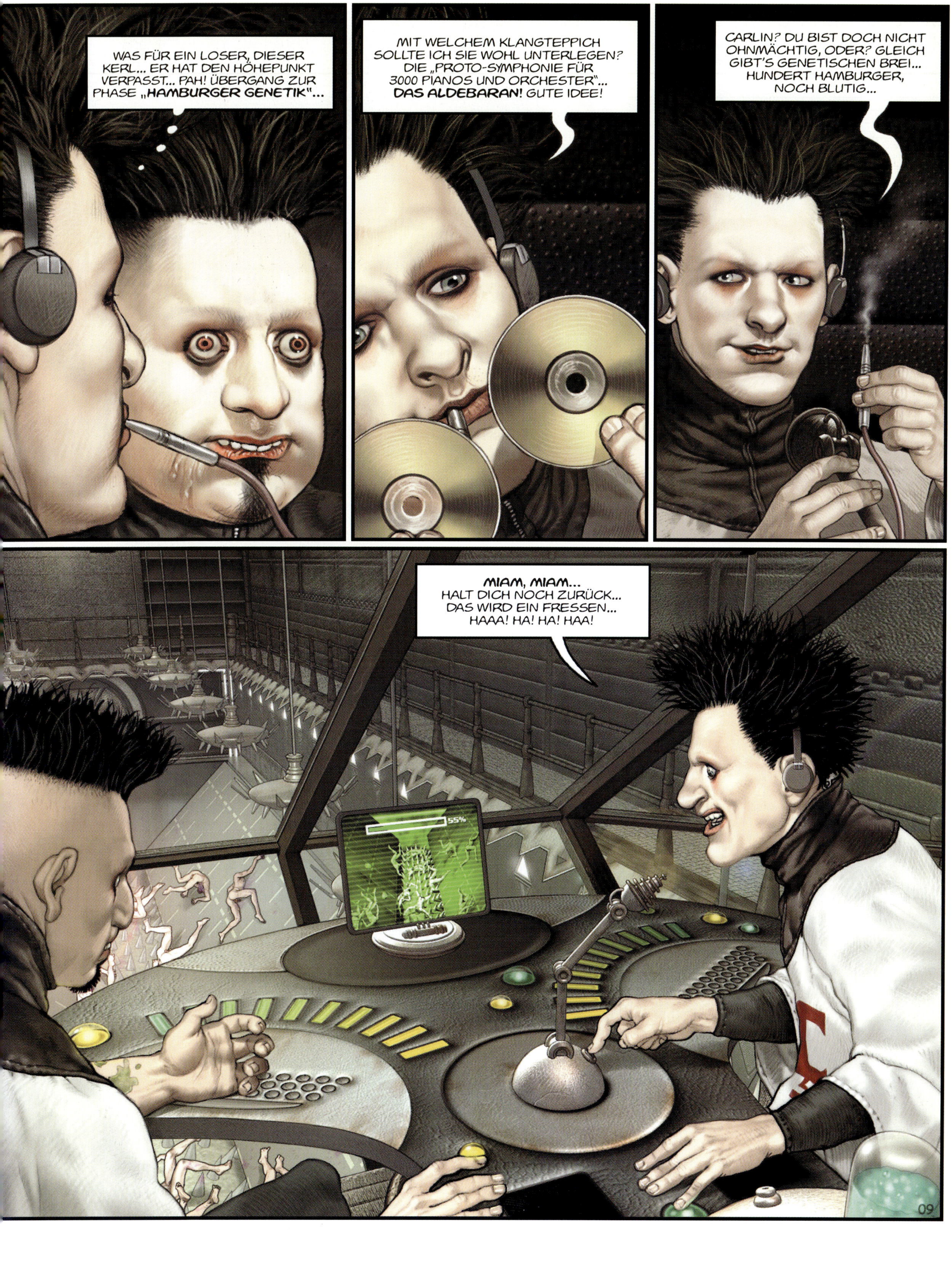
WAS FÜR EIN LOSER, DIESER KERL... ER HAT DEN HÖHEPUNKT VERPASST... PAH! ÜBERGANG ZUR PHASE „**HAMBURGER GENETIK**"...
MIT WELCHEM KLANGTEPPICH SOLLTE ICH SIE WOHL UNTERLEGEN? DIE „PROTO-SYMPHONIE FÜR 3000 PIANOS UND ORCHESTER"... **DAS ALDEBARAN!** GUTE IDEE!
CARLIN? DU BIST DOCH NICHT OHNMÄCHTIG, ODER? GLEICH GIBT'S GENETISCHEN BREI... HUNDERT HAMBURGER, NOCH BLUTIG...
55%
MIAM, MIAM... HALT DICH NOCH ZURÜCK... DAS WIRD EIN FRESSEN... HAAA! HA! HA! HAA!

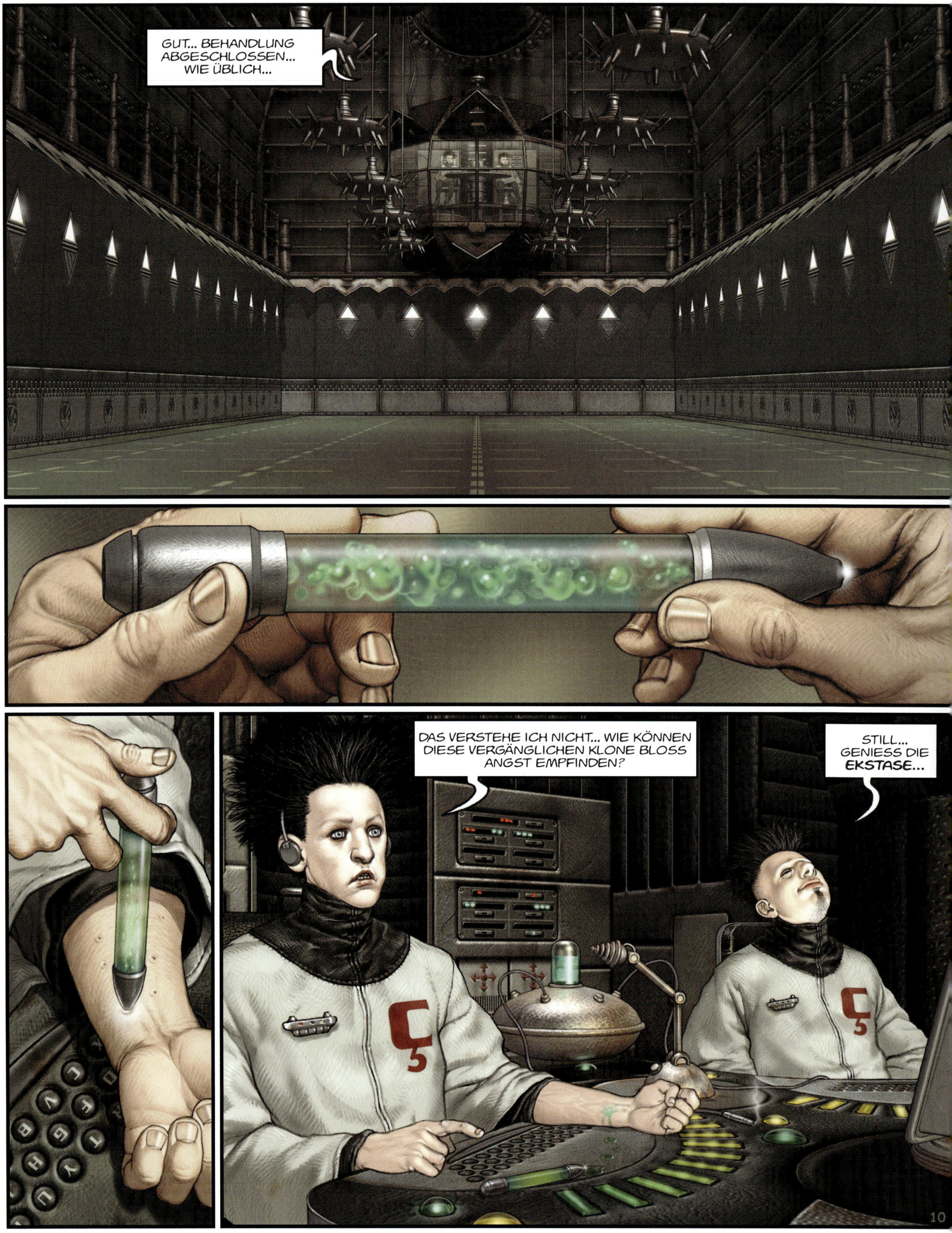
GUT... BEHANDLUNG ABGESCHLOSSEN... WIE ÜBLICH...
DAS VERSTEHE ICH NICHT... WIE KÖNNEN DIESE VERGÄNGLICHEN KLONE BLOSS ANGST EMPFINDEN?
STILL... GENIESS DIE **EKSTASE...**

#2: Die Vibro-Gebärmutter

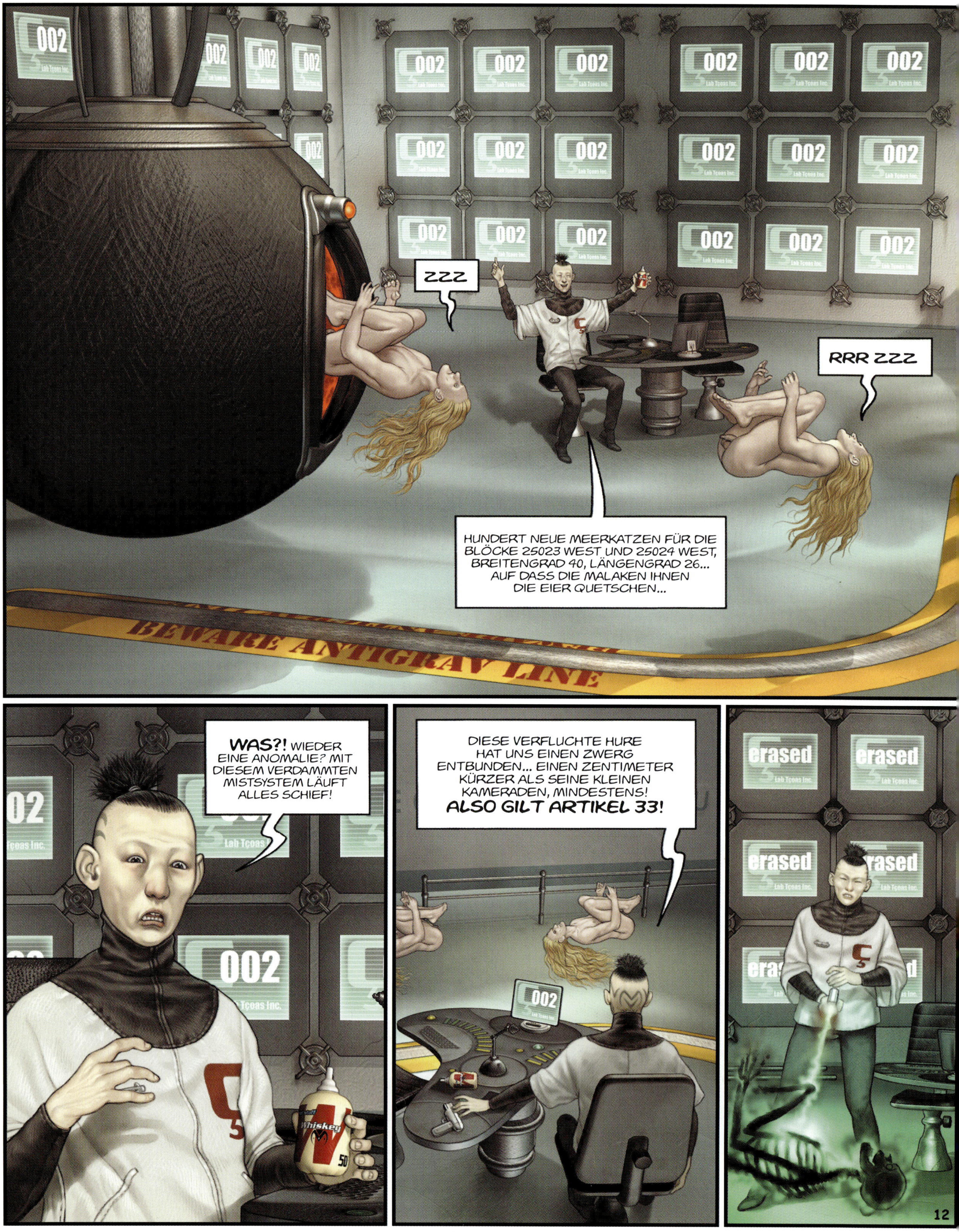
ZZZ
HUNDERT NEUE MEERKATZEN FÜR DIE BLÖCKE 25023 WEST UND 25024 WEST, BREITENGRAD 40, LÄNGENGRAD 26... AUF DASS DIE MALAKEN IHNEN DIE EIER QUETSCHEN...
RRR ZZZ
BEWARE ANTIGRAV LINE
WAS?! WIEDER EINE ANOMALIE? MIT DIESEM VERDAMMTEN MISTSYSTEM LÄUFT ALLES SCHIEF!
DIESE VERFLUCHTE HURE HAT UNS EINEN ZWERG ENTBUNDEN... EINEN ZENTIMETER KÜRZER ALS SEINE KLEINEN KAMERADEN, MINDESTENS! ALSO GILT ARTIKEL 33!
erased

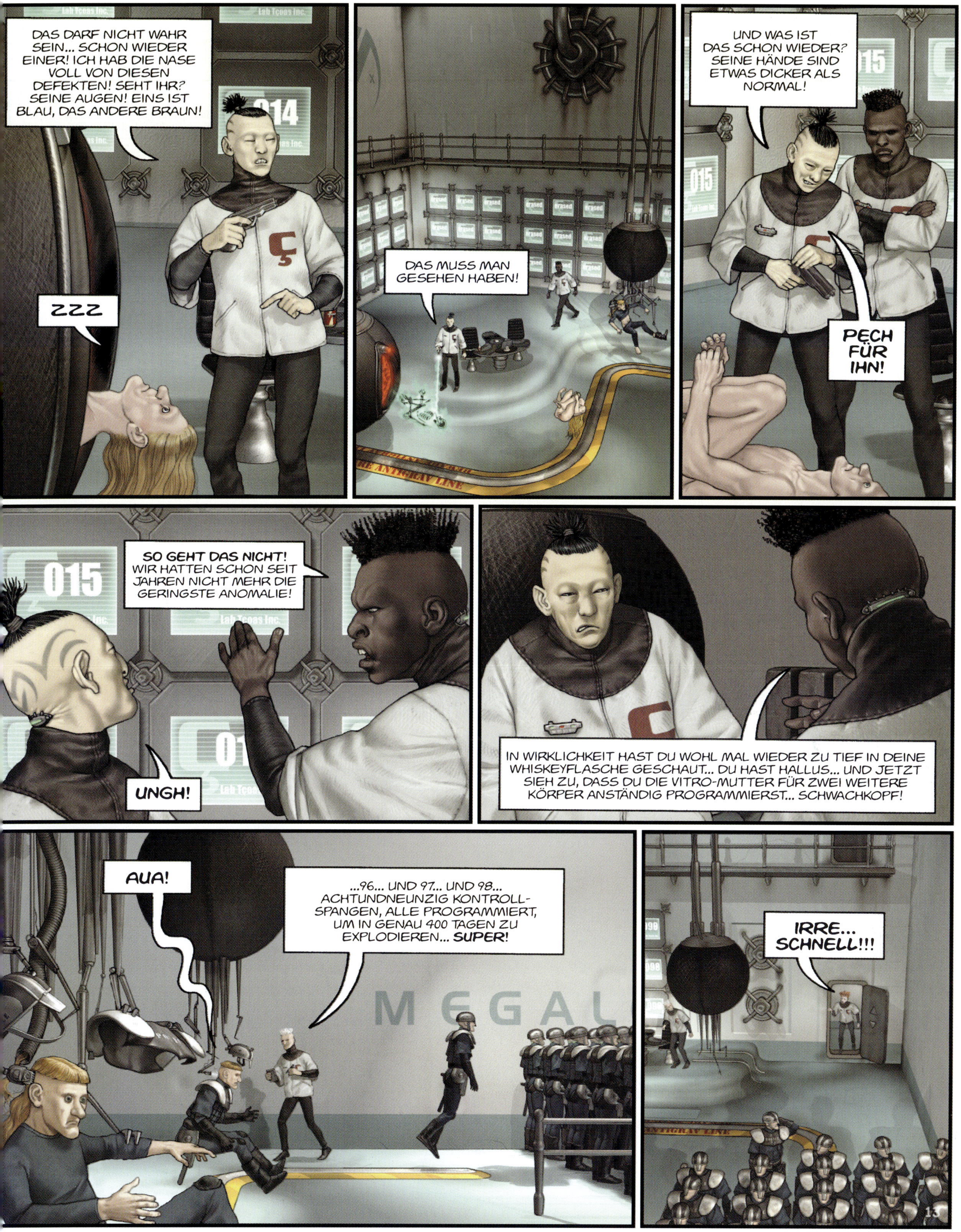
DAS DARF NICHT WAHR SEIN... SCHON WIEDER EINER! ICH HAB DIE NASE VOLL VON DIESEN DEFEKTEN! SEHT IHR? SEINE AUGEN! EINS IST BLAU, DAS ANDERE BRAUN!
ZZZ
DAS MUSS MAN GESEHEN HABEN!
UND WAS IST DAS SCHON WIEDER? SEINE HÄNDE SIND ETWAS DICKER ALS NORMAL!
PECH FÜR IHN!
SO GEHT DAS NICHT! WIR HATTEN SCHON SEIT JAHREN NICHT MEHR DIE GERINGSTE ANOMALIE!
UNGH!
IN WIRKLICHKEIT HAST DU WOHL MAL WIEDER ZU TIEF IN DEINE WHISKEYFLASCHE GESCHAUT... DU HAST HALLUS... UND JETZT SIEH ZU, DASS DU DIE VITRO-MUTTER FÜR ZWEI WEITERE KÖRPER ANSTÄNDIG PROGRAMMIERST... SCHWACHKOPF!
AUA!
...96... UND 97... UND 98... ACHTUNDNEUNZIG KONTROLL-SPANGEN, ALLE PROGRAMMIERT, UM IN GENAU 400 TAGEN ZU EXPLODIEREN... SUPER!
MEGAL
IRRE... SCHNELL!!!

DU WIRKST ZIEMLICH AUFGEDREHT... HAST DU NEO-AMPHETAMIN GESCHLUCKT?
SCHNELL! KOMMEN SIE ZUM HOLOVIZOR! IRRE! EIN MALAKE HAT ES GESCHAFFT, FAST ALLE SCHUTZZONEN ZU DURCHBRECHEN...
VERDAMMT! GEHEN WIR!

EXIT
RICHTET EUCH AUF DEN OFFIZIELLEN KANAL 357 439 AUS...
HOLOVIZOR
Lab Tçoas Inc.

DA, DAS MISTSTÜCK VON MALAKE.
DER ENGEL DER VERNICHTUNG... DAS IST DAS ENDE VON MEGALEX!
REDEN SIE KEINEN UNSINN! NOCH HAT ER DAS HAUPTSCHUTZSCHILD NICHT DURCHBROCHEN!
WORAUF WARTEN SIE? ER WIRD SICH EINE BRESCHE SCHLAGEN UND EINDRINGEN, WENN ER NICHT BALD GESTOPPT WIRD...

GEWONNEN!
FAHR ZUR HÖLLE, HANDFEGER!
WIR SIND DIE GRÖSSTEN!
BEI DEN EIERSTÖCKEN DER KÖNIGINMUTTER... DA IST SCHON WIEDER EINER!
DIESE VIECHER SIND NICHT DUMM... EINER VON IHNEN OPFERT SICH UND DER ANDERE KOMMT DANN GANZ EINFACH DURCH...
KATASTROPHAL!
UND, BLÖDMANN? WER FÄHRT JETZT WOHL ZUR HÖLLE?
HMPF!

WAS?! ER WIRD UNS ALLE NIEDERMACHEN! HEILIGE MAREA, TUT DOCH WAS, VERFLUCHT!
OH!

WIE EIN KÖNIGSPFAU AUS MYTHISCHEN ZEITEN... WAS FÜR EINE PRACHT! DAS MÜSSEN DIE ANDEREN UNBEDINGT SEHEN...
NEHMT DIE BESCHISSENEN HELME AB, IHR **DEBILEN IDIOTEN...** KOMMT LIEBER MIT UND SEHT ES EUCH DIREKT AN!
EXIT
AH, **DER KLON VON PALEO-PORC!** DURCH SEINE SCHÖNHEIT SOLL ER UNS BEZAUBERN...
DIE HEIMTÜCKISCHSTEN WAFFEN SIND OFT AUCH DIE SCHÖNSTEN... DIE KUNST UND DER TOD WERDEN EINANDER IMMER ÄHNLICHER...
HE, LEUTE! IHR KÖNNT EUCH DAS HOLOVIDEO SCHENKEN! DURCH DAS FENSTER KÖNNT IHR EUCH DEN HURENSOHN LEIBHAFTIG ANSEHEN!
FÜR WEN HÄLT ER UNS? VERNICHTET DIESEN UNRAT!
EXIT
GRRR!
KÖNNTEST DU VIELLEICHT MAL DEIN PLAPPERMAUL HALTEN?! DAS HOLOVIDEO IST ALLEMAL SO REALISTISCH WIE DEINE GANZE ELENDE WIRKLICHKEIT! LASS UNS IN FRIEDEN ZUSEHEN, ZUHÖREN UND MITFÜHLEN!
!
LOS, IHR CHOKEDS, NUR MUT! JAGT IHN IN DIE LUFT!
DEN ENERGIE-ZYLINDER...! KOMMT! GEBT IHM DIE ROBOTER!
JA! DEN ENERGIE-ZYLINDER! GENAU!
GRRR... VOR-WÄRTS! ZEIGT'S IHM RICHTIG!

SEHR SCHÖN! DER ENERGIE-ZYLINDER WIRD GEBILDET! OBACHT!
BRAVOOO! IN DIE FALLE GEGANGEN! UND JETZT DIE BOMBEN HINTERHER!
IMMER AUF'S MAUL, DEM FEGER!
CRR
CRR
BIP?
FZZ!
ZZZ

ALERT anomaly
IMMER AUF'S MAUL...
HALT DU ES LIEBER MAL, BLÖDMANN... SIEHST DU NICHT, DASS IHM DAS GAR NICHTS AUSMACHT...?
SIE KNALLEN IHM BESTIMMT NOCH EINE SUPERMEGAMEGA REIN...
WOWIE! DIE SUPERMEGAMEGA! DIE KILLT IHN!
ZZZ ZZZ

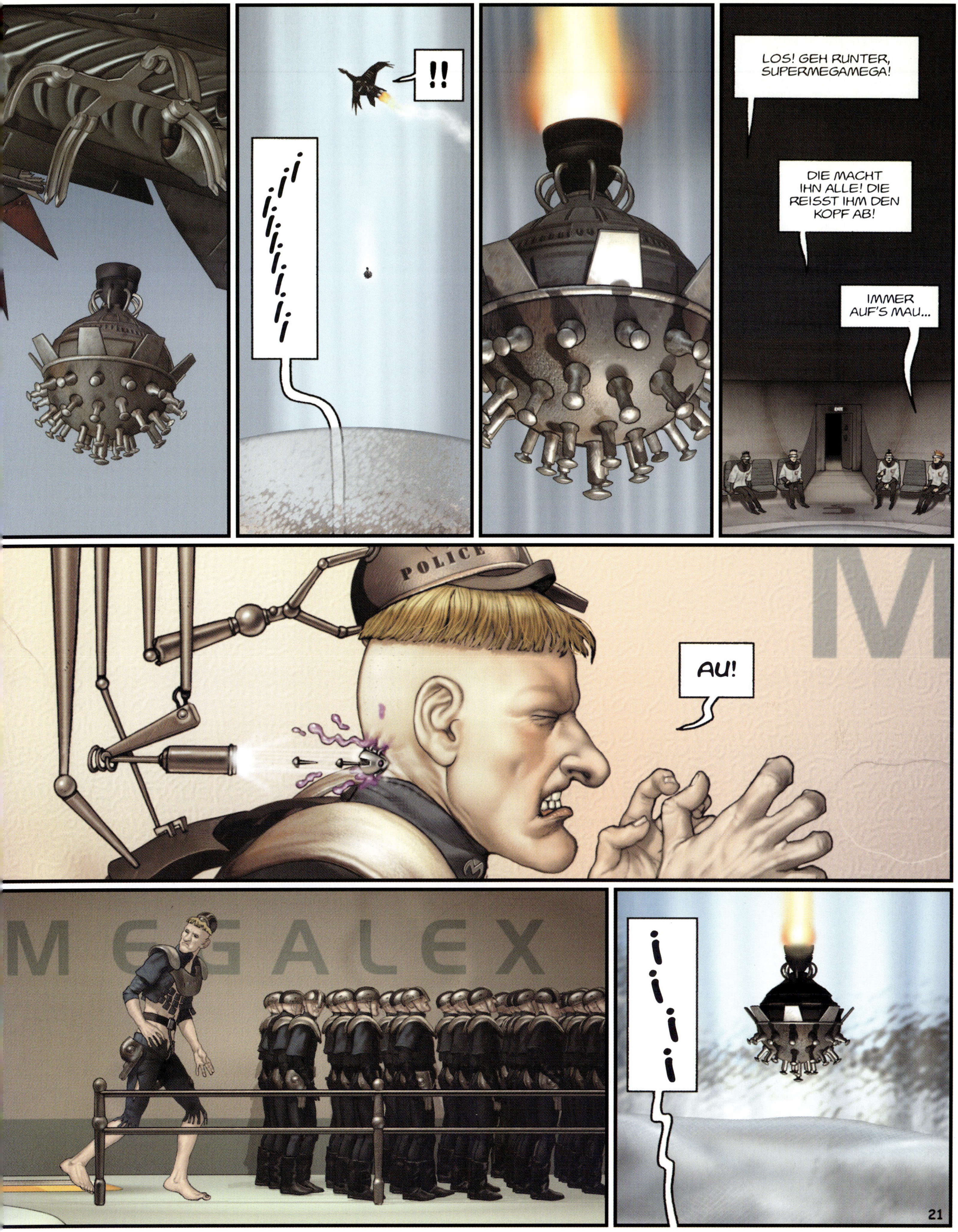

!!
¡¡¡¡¡¡¡¡¡¡
LOS! GEH RUNTER, SUPERMEGAMEGA!
DIE MACHT IHN ALLE! DIE REISST IHM DEN KOPF AB!
IMMER AUF'S MAU...
POLICE
M
AU!
MEGALEX
¡¡¡¡

UND BUUUMMMMM! ERLEDIGT! ZERBRÖSELT! DESINTEGRIERT! WIR SIND DIE GRÖSSTEN!
HAHAHAHA! NICHTS UND NIEMAND WIDERSTEHT UNSEREN CHOKEDS.
IMMER AUF'S MAUL, DEM FEGER!

DAS MUSS GEFEIERT WERDEN! IN DIESEM FLÄSCHCHEN SIND GUT 400 S.V.P.-TRIPS!
SEHT EUCH DAS AN! SOGAR DAS HOLO-VIDEO FEIERT MIT... ZUM ABSCHLUSS PRÄSENTIERT ES UNS EINEN SUPERSOUND UND GEILE LICHT-SPEZIALEFFEKTE! WAS FÜR EIN ERFOLG!
KANNST DU LAUT SAGEN... SIND WOHL AUFZEICHNUNGEN AUS DEN ARCHIVEN DES GUTEN ALTEN 3D-FERNSEHENS.
DIESE ANGEBER...
NEIN! VORSICHT! DAS IST ECHT!
IMMER AUF'S MA... AAAH!
EINS, ZWEI, EINS, ZWEI, EINS, ZWEI... UND WEITER SO BIS ZUM KORRIDOR B-456... MACHEN SIE SICH BEREIT FÜR DEN EINSTIEG IN IHR SCHULUNGSSCHIFF...
LANG LEBE UNSERE KÖNIGIN MAREA!
X IS BEAUTIFUL
LANG LEBE MAREAAA!

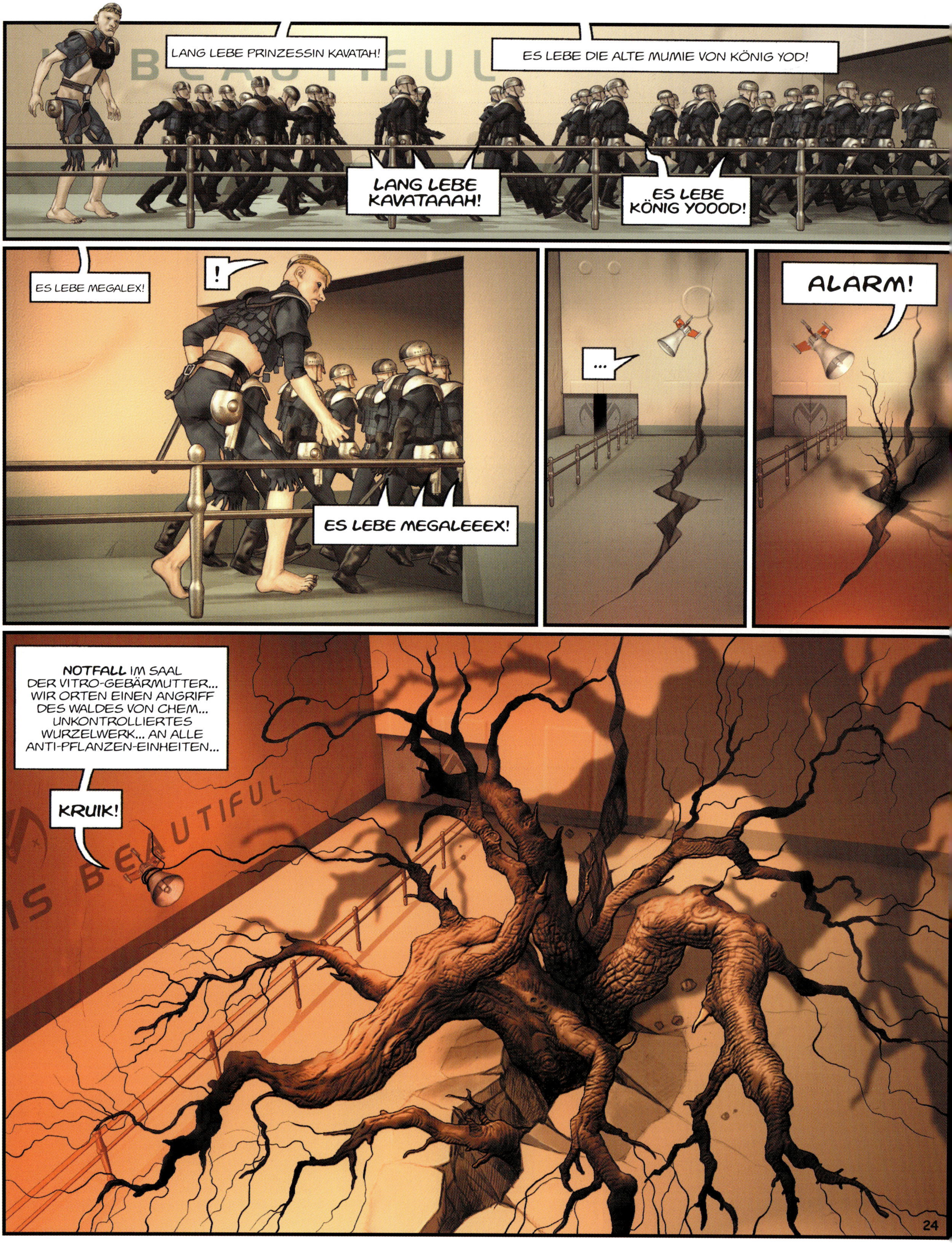
LANG LEBE PRINZESSIN KAVATAH!
ES LEBE DIE ALTE MUMIE VON KÖNIG YOD!
LANG LEBE KAVATAAAH!
ES LEBE KÖNIG YOOOD!
ES LEBE MEGALEX!
!
ES LEBE MEGALEEEX!
...
ALARM!
NOTFALL IM SAAL DER VITRO-GEBÄRMUTTER... WIR ORTEN EINEN ANGRIFF DES WALDES VON CHEM... UNKONTROLLIERTES WURZELWERK... AN ALLE ANTI-PFLANZEN-EINHEITEN...
KRUIK!

#3: Die letzte Chance

ZU SPÄT...
DIE ERSTE EINHEIT VON 25 NEUEN POLIZISTEN... VORWÄRTS MARSCH! SOFORT EINSTEIGEN...
WILLKOMMEN IN MEINEM SCHOSS... NEHMEN SIE BITTE DIE NEMO-SITZE 1 BIS 25 EIN... DANKE...

ZWEITE EINHEIT... VORWÄRTS, MARSCH! SOFORT EINSTEIGEN...
WILLKOMMEN IN MEINEM SCHOSS... NEMOSITZE 26 BIS 50... DANKE...
DRITTE EINHEIT... VORWÄRTS, MARSCH!
SOFORT EINSTEIGEN...
...NEMOSITZE 51 BIS 75... DANKE...

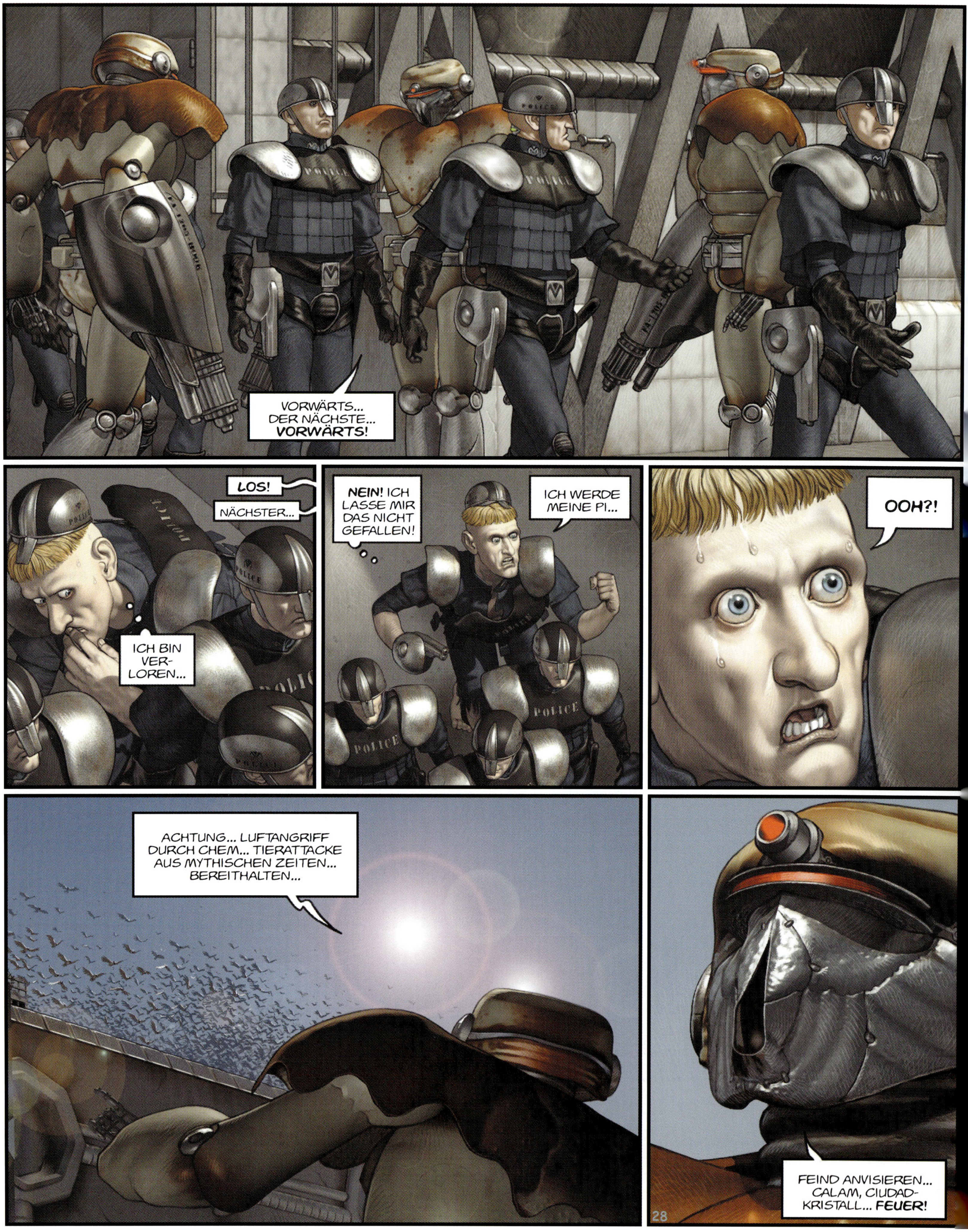
VORWÄRTS... DER NÄCHSTE... VORWÄRTS!
LOS!
NÄCHSTER...
ICH BIN VERLOREN...
NEIN! ICH LASSE MIR DAS NICHT GEFALLEN!
ICH WERDE MEINE PI...
OOH?!
ACHTUNG... LUFTANGRIFF DURCH CHEM... TIERATTACKE AUS MYTHISCHEN ZEITEN... BEREITHALTEN...
FEIND ANVISIEREN... CALAM, CIUDAD-KRISTALL... FEUER!

MEGALEX IST DER TOD!
BALD ERSCHEINT AIN, DER GEOMESSIAS!
EWIGES LEBEN! EWIGES LEBEN!
EWIGES LEBEN! EWIGES LEBEN!

BALD ERSCHEINT AIN, DER GEOMESSIAS! EWIGES LEBEN! EWIGES LEBEN!

SCHNELL... EINSTIEG IN DAS **SCHULUNGSSCHIFF!**
POLICE
POLICE
FA-1205-HOOK
MEGALEX IST DER TOD!
MEGALEX IST DER TOD!

#4: Das Schulungsschiff

3D mode enable
ICH BIN **CHOULIS**, EURE SCHULUNGSLEITERIN...
...AUSGESTATTET MIT EINEM WEIBLICHEN KÖRPER.
HE! DU DA! WAS HABE ICH GESAGT, WIE MAN MICH NENNT?
ÄH... SCHLUCK! FRAU **CHOULIS**...
FRÄULEIN, BITTE SCHÖN...
$CH_3-CH-(CH_2)_4-COOH$
CH_5
PERFEKT! AN DEM STRENGEN GERUCH, DER AUS EUREN ACHSELHÖHLEN EMPORSTEIGT... JA, ICH BIN MIT GERUCHSSENSOREN AUSGESTATTET... KANN ICH ERKENNEN, DASS DER ANGRIFF DIESER TIERE, DIE WIR FÜR RELIKTE AUS GRAUER VORZEIT ZU HALTEN GEWOHNT SIND, EUCH NACHHALTIG BEEINDRUCKT HAT... UNSERE ZIVILISATION KOMMT TATSÄCHLICH AUCH SEHR GUT OHNE DIESE **NIEDEREN LEBENSFORMEN** AUS...
POLICE

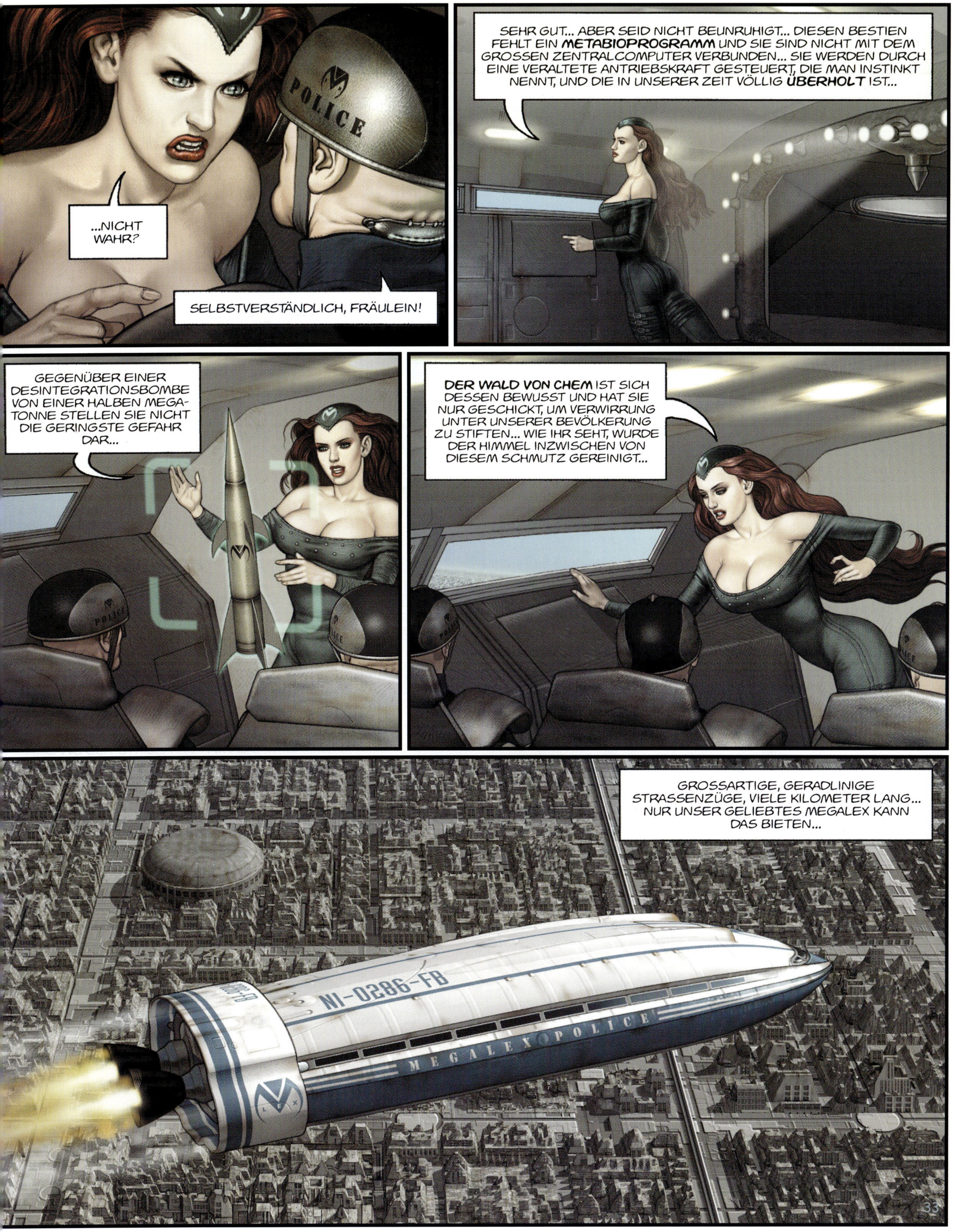

POLICE
...NICHT WAHR?
SELBSTVERSTÄNDLICH, FRÄULEIN!
SEHR GUT... ABER SEID NICHT BEUNRUHIGT... DIESEN BESTIEN FEHLT EIN **METABIOPROGRAMM** UND SIE SIND NICHT MIT DEM GROSSEN ZENTRALCOMPUTER VERBUNDEN... SIE WERDEN DURCH EINE VERALTETE ANTRIEBSKRAFT GESTEUERT, DIE MAN INSTINKT NENNT, UND DIE IN UNSERER ZEIT VÖLLIG **ÜBERHOLT** IST...
GEGENÜBER EINER DESINTEGRATIONSBOMBE VON EINER HALBEN MEGATONNE STELLEN SIE NICHT DIE GERINGSTE GEFAHR DAR...
POLICE
DER WALD VON CHEM IST SICH DESSEN BEWUSST UND HAT SIE NUR GESCHICKT, UM VERWIRRUNG UNTER UNSERER BEVÖLKERUNG ZU STIFTEN... WIE IHR SEHT, WURDE DER HIMMEL INZWISCHEN VON DIESEM SCHMUTZ GEREINIGT...
GROSSARTIGE, GERADLINIGE STRASSENZÜGE, VIELE KILOMETER LANG... NUR UNSER GELIEBTES MEGALEX KANN DAS BIETEN...
NI-0286-FB
MEGALEX POLICE

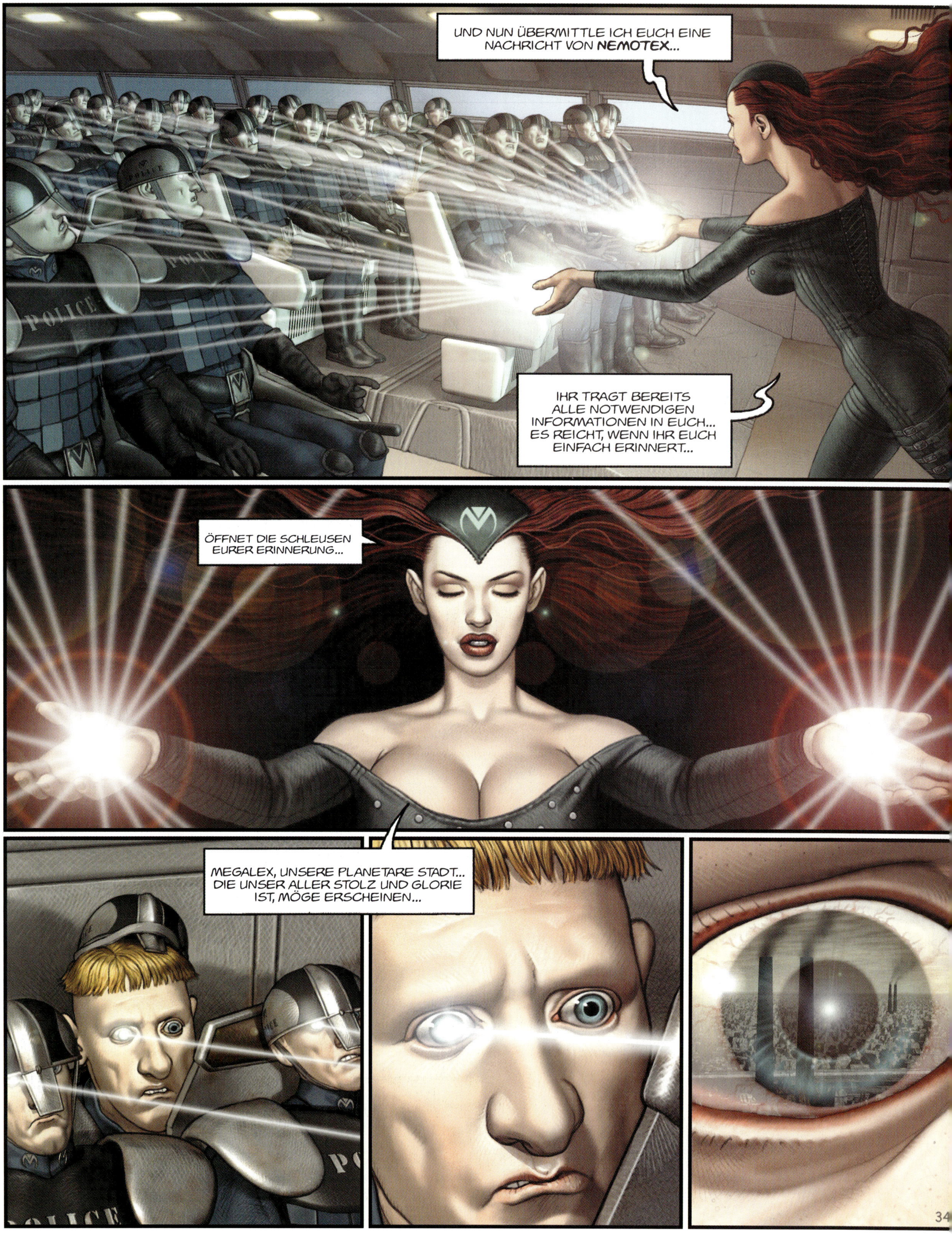
UND NUN ÜBERMITTLE ICH EUCH EINE NACHRICHT VON NEMOTEX...
IHR TRAGT BEREITS ALLE NOTWENDIGEN INFORMATIONEN IN EUCH... ES REICHT, WENN IHR EUCH EINFACH ERINNERT...
ÖFFNET DIE SCHLEUSEN EURER ERINNERUNG...
MEGALEX, UNSERE PLANETARE STADT... DIE UNSER ALLER STOLZ UND GLORIE IST, MÖGE ERSCHEINEN...

DER STADTPLANET, DIE BERGE INDUSTRIELL DEM ERDBODEN GLEICHGEMACHT, VON ALLEM TIERISCHEN LEBEN BEFREIT, GLATT, REIN, PERFEKT...

FAST PERFEKT, UM EHRLICH ZU SEIN, WEIL WIR BISLANG WEDER DEN WALD VON CHEM NOCH DEN TOTEN OZEAN BESEITIGT HABEN... DOCH DAS WIRD NICHT MEHR LANGE DAUERN...

KEINER VON BEIDEN HÖRT DAMIT AUF, UNS IMMER WIEDER ANZUGREIFEN... EINES TAGES WIRD DER SIEG GANZ SICHER UNSER SEIN... DERWEIL ABER BEREITET UNS DIESES KLEINE PROBLEM NOCH VERDRUSS...

MEGALEX IST AUSSER-GEWÖHNLICH SCHÖN...
STIMMT DOCH, ODER?
ÄH...
ICH WÜRDE VIELLEICHT EHER SAGEN...
WAGE ES NICHT, ETWAS ANDERES ZU SAGEN! DIE ANWEISUNG LAUTET: MEGALEX IST AUSSERGEWÖHNLICH SCHÖN... **WIEDERHOLE DAS, ODER ICH REISSE DIR DEN KOPF AB!**
MEGALEX IST AUSSER-GEWÖHNLICH SCHÖN, FRÄULEIN...
PERFEKT... UND NUN KONZENTRIERT EUCH UND LASST EUCH VON DER ERINNERUNG AN UNSERE REGIERUNG ÜBERWÄLTIGEN...

CALAM, DER PALAST DER REGIERUNG, GANZ AUS UNZERBRECHLICHEM GLAS ERBAUT, UND SEINE GROSSZÜGIG ANGELEGTEN KÜNSTLICHEN GÄRTEN, DIE VON EINER ENERGIEKUPPEL GESCHÜTZT WERDEN...

EIN WÜRDIGES HEIM FÜR UNSERE GELIEBTE KÖNIGINMUTTER MAREA UND UNSERE ERHABENE PRINZESSIN KAVATAH, DEREN SCHÖNHEIT VON EINER SOLCHEN PERFEKTION IST, DASS KEIN GEWÖHNLICHER STERBLICHER IHRES ANBLICKS WÜRDIG IST... SIE IST DIE ANFÜHRERIN ALLER UNSERER ARMEEN...
...WIE ZUVOR UNSER ALLER VATER, KÖNIG YOD, DER TOT UND MUMIFIZIERT IST, ABER NICHTS VON SEINEM URTEILSVERMÖGEN EINGEBÜSST HAT... SEINE ERINNERUNG IST BIS INS KLEINSTE DETAIL AUFGEZEICHNET UND IN DEN DATENBANKEN DES GROSSEN RECHNERS ABGESPEICHERT... DAHER KANN ER VON DEN UFERN DES JENSEITIGEN REICHES AUS AUCH HEUTE NOCH IMMER DAS SCHICKSAL SEINES GELIEBTEN VOLKES LENKEN...

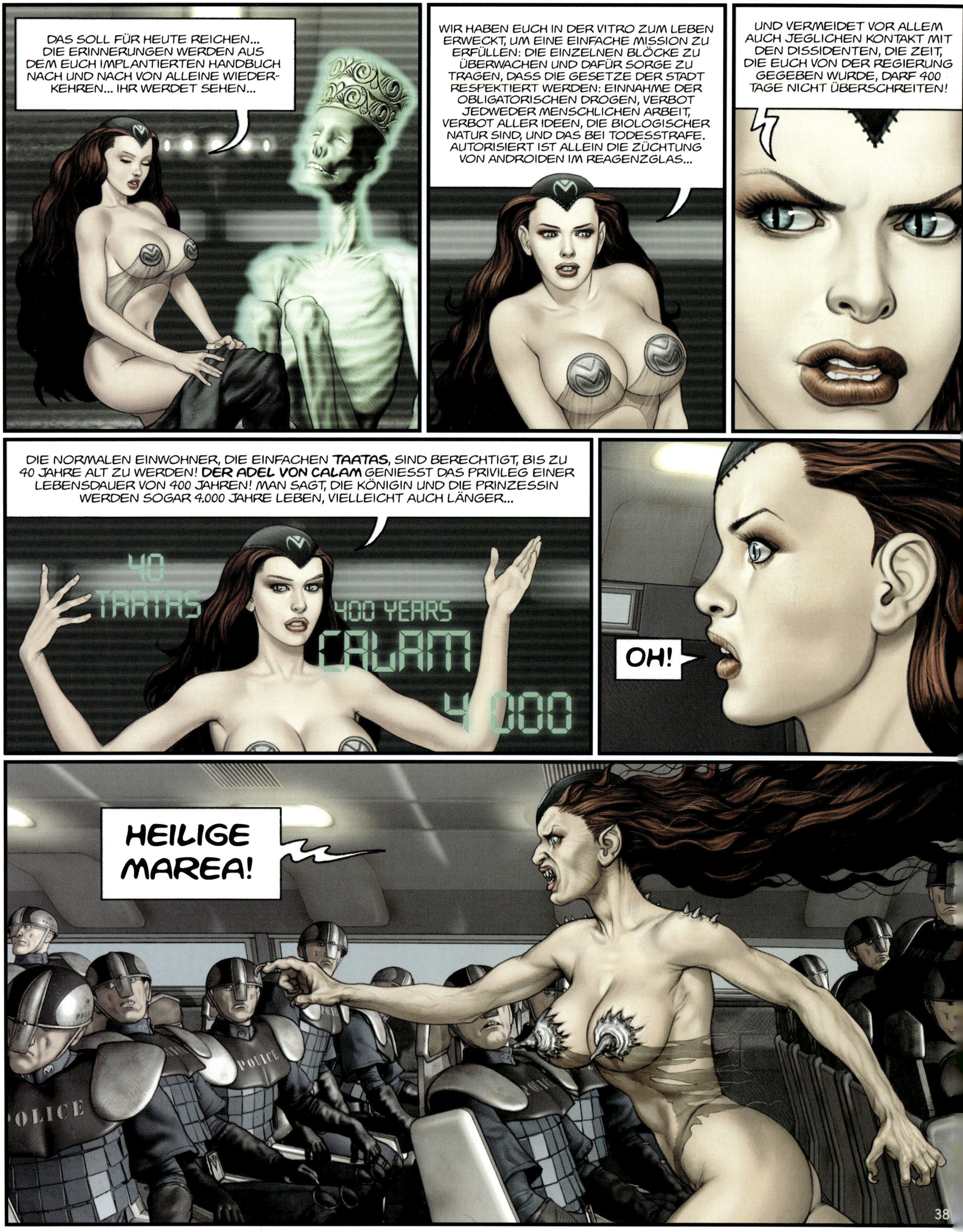
DAS SOLL FÜR HEUTE REICHEN... DIE ERINNERUNGEN WERDEN AUS DEM EUCH IMPLANTIERTEN HANDBUCH NACH UND NACH VON ALLEINE WIEDERKEHREN... IHR WERDET SEHEN...
WIR HABEN EUCH IN DER VITRO ZUM LEBEN ERWECKT, UM EINE EINFACHE MISSION ZU ERFÜLLEN: DIE EINZELNEN BLÖCKE ZU ÜBERWACHEN UND DAFÜR SORGE ZU TRAGEN, DASS DIE GESETZE DER STADT RESPEKTIERT WERDEN: EINNAHME DER OBLIGATORISCHEN DROGEN, VERBOT JEDWEDER MENSCHLICHEN ARBEIT, VERBOT ALLER IDEEN, DIE BIOLOGISCHER NATUR SIND, UND DAS BEI TODESSTRAFE. AUTORISIERT IST ALLEIN DIE ZÜCHTUNG VON ANDROIDEN IM REAGENZGLAS...
UND VERMEIDET VOR ALLEM AUCH JEGLICHEN KONTAKT MIT DEN DISSIDENTEN, DIE ZEIT, DIE EUCH VON DER REGIERUNG GEGEBEN WURDE, DARF 400 TAGE NICHT ÜBERSCHREITEN!
DIE NORMALEN EINWOHNER, DIE EINFACHEN **TAATAS**, SIND BERECHTIGT, BIS ZU 40 JAHRE ALT ZU WERDEN! **DER ADEL VON CALAM** GENIESST DAS PRIVILEG EINER LEBENSDAUER VON 400 JAHREN! MAN SAGT, DIE KÖNIGIN UND DIE PRINZESSIN WERDEN SOGAR 4.000 JAHRE LEBEN, VIELLEICHT AUCH LÄNGER...
40
TAATAS
400 YEARS
CALAM
4 000
OH!
HEILIGE MAREA!
POLICE

!
EINE ANOMALIE! ALARM!
NICHT SCHIESSEN! SONST DURCHLÖCHERT IHR MIR DEN BAUCH, UND ICH EXPLODIERE... LASST IHN MIR... ICH WERDE IHN MIR EINVERLEIBEN...
NEIN!

AAAAAAH!
Main system failure
Program END
RAAAHAAA!
EINE BEWEGUNG UND ICH PUSTE EUCH DAS HIRN RAUS... MEINE SCHALTKREISE ENTHALTEN SICHER AUCH PROGRAMME ZUR STEUERUNG VON FLUGGERÄT... ICH BRINGE EUCH GESUND UND MUNTER NACH UNTEN...
ES WURDE ALARM AUSGELÖST... **DU BIST ERLEDIGT, JUNGE!**

#5: Die Verweigerer

GALEN POLICE
ARGH!
AA...
POLICE
POLICE
POLICE
42

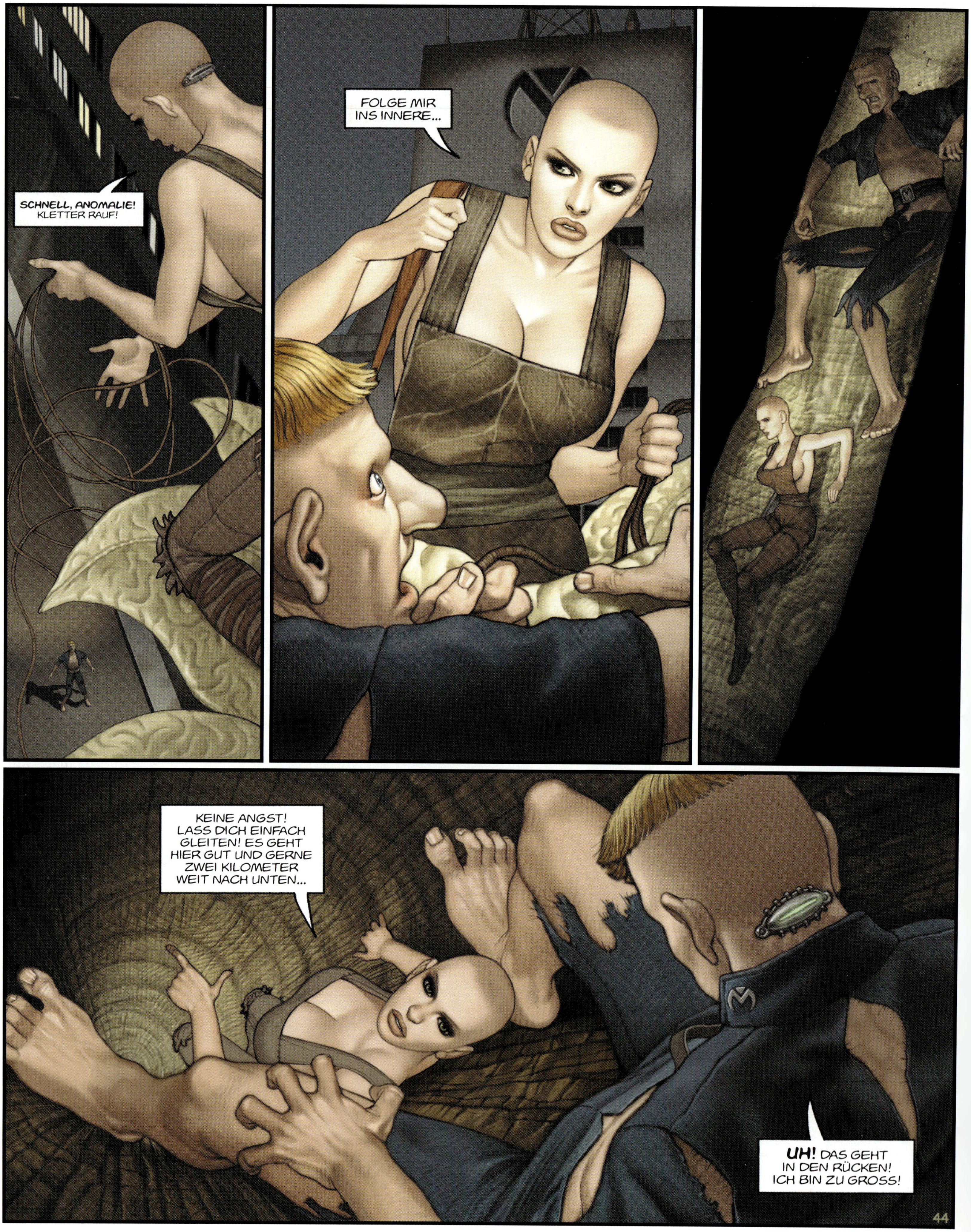
SCHNELL, ANOMALIE!
KLETTER RAUF!
FOLGE MIR
INS INNERE...
KEINE ANGST!
LASS DICH EINFACH
GLEITEN! ES GEHT
HIER GUT UND GERNE
ZWEI KILOMETER
WEIT NACH UNTEN...
UH! DAS GEHT
IN DEN RÜCKEN!
ICH BIN ZU GROSS!

DOCH DIE ANOMALIE UND IHRE GEHEIMNISVOLLE KOMPLIZIN SIND KEINESWEGS IN DER EXPLOSION DER WURZEL AUS CHEM UMGEKOMMEN... **FORTSETZUNG FOLGT IM NÄCHSTEN BAND!**

ENDE

Band 2:
»Verborgene Gedanken«
ab 4.12.99
erhältlich!

Band 1: Feuer und Asche
Überall im Buch- und Comicfachhandel!

CARLSEN COMICS